치통의 아침

황금알 시인선 181
치통의 아침

초판발행일 | 2018년 10월 17일

지은이 | 이미화
펴낸곳 | 도서출판 황금알
펴낸이 | 金永馥
선정위원 | 김영승 · 마종기 · 유안진 · 이수익
주간 | 김영탁
편집실장 | 조경숙
표지디자인 | 칼라박스
주소 | 03088 서울시 종로구 이화장2길 29-3, 104호(동숭동)
전화 | 02)2275-9171
팩스 | 02)2275-9172
이메일 | tibet21@hanmail.net
홈페이지 | http://goldegg21.com
출판등록 | 2003년 03월 26일(제300-2003-230호)

값은 뒤표지에 있습니다.

ISBN 979-11-89205-13-3-03810

*이 책은 경남문화예술진흥원의 문화예술지원을 보조받아 발간되었습니다.
*이 도서의 국립중앙도서관 출판예정도서목록(CIP)은 서지정보유통지원시스템
홈페이지(http://seoji.nl.go.kr)와 국가자료종합목록시스템(http://www.nl.
go.kr/kolisnet)에서 이용하실 수 있습니다. (CIP제어번호 : CIP2018031018)

치통의 아침

이미화 시집

황금알

꼿꼿한 내 뒷모습을

사랑한다

많이 걷고 빨리 걷는

내 삶이 가야 할 바닥을 내어준

신발들을 사랑한다

은비야 나윤아 진녕아…… 사랑한다

여기까지 당도할 수 있도록

응원해주고

시가 되어 준 모든 것들을 사랑한다

2018년 가을 초전에서

차 례

1부

2부

3부

4부

1부

낙관

가둔다는 건 제 살을
깎는 일이다
검은 돌에 새긴 또렷한 음각,
자세히 들여다보니 돌이 이름을 가두고 있다
전서도 있고 예서도 있다
삐뚤어진 것도 있고 반듯한 것도 있다
네가 아무도 알지 못하는 저 먼 계곡 바위였을 때
어느 강가 와글와글 뒹구는 자갈돌이었을 때
그때 너는 이름이 없었을 것이다
누군가의 이름을 가두고 있지 않았을 것이다
그 바위 돌고 돌아 흐르던 물길들,
돌에 새긴 이름에는
잡으려는
잡히지 않으려는 안간힘이 보인다
가두고 붙잡으려는 힘이 세면 셀수록
제 살을 깎아야 하는 세월들이 보인다
나도 내 안에 별을 새긴 적이 있었다
오방으로 향하는 빛의 갈래를 붙잡아 굵고 깊게
내 심장 가까이 가둔 적이 있었다

이제 그 별은 없다
그 별은 깨어져 내 눈길 밖으로 사라져버렸다
꽃이 피어날 때 바람이 한 호흡씩 함께 하는 것처럼
빛이 지나갈 때 그림자가 기다려 주는 것처럼
낙관이여 돌이여 나의 이름이여 세상 모든 별은 언제
나 제 자리에서 빛난다

안간힘에 관하여

수국 빈 가지 정리하다
가지에 붙은 새 눈을 잘랐다
묵은 가지에 붙은 여린 초록
겨우내 빈 가지 품고
봄 기다렸을
저 안간힘

다낭 여행지에서 보았던
발로 물레 돌리던 어린 소녀의 눈빛 같다
제 또래 아이 망연하게 바라보다
호통치는 할머니에게 건네던 그 눈빛처럼 젖어 있다
수국 묵은 가지를 정리하다 잘려 나간
새 눈을
물레 돌리던
그 발의 어린 눈빛을
미안하다, 나는 노란 쓰레기봉투에 담아 내다 버렸다

목련

상처 많은
집만 찾아와

새하얀 꽃
나누어 준다고

하늘이
목련을 겨울 내내 지고 왔다

네 앞마당에도
내 뒷마당에도
어느새
수북이 흰 꽃을 부려놓았다

오늘은 흰 발목 내놓고
조용히
발톱이나 깎아야겠다

손길

화분에 심은 작두콩
푸른 잎에
누군가의 손길이 머물고 있다
하염없이 위로 오르려는 줄기와
지쳐가는 커다란 잎을
거미줄이 떠받치고 있다
화분에 심은 작두콩이
하얀 꽃을 피울 수 있도록
은빛 거미줄이 돕고 있다
내 하루를 버텨내는 건
저 은빛으로 찬란한
거미줄이 무심코 내어준 손길이 있기 때문
화분에 심은 작두콩
아래 잎과 위에 잎을 팽팽하게 잡아당겨
거미줄 하나가
밧줄을 매고 있다

고맙다,

깊이 뿌리 내릴 수 없는
화분 속 작두콩 나를 거미줄이 붙잡아 주고 있다

전망 값

터무니없이 비싸다고
버렸더니
전망 값을 얹었으니 내놓으란다
능선 베고 누운 월아산 자락
반짝이며 흐르는 남강 줄기
논물 잡아 찰방대는 들판
이 모두를 가격으로 매긴 주인의 셈법이
참 대단하다
어떻게 알았을까
물 바람 언덕 나무들도 그들의 몸값이 따로 있다는 걸
아무리 우겨도
값을 내리지 못하겠노라는
집주인은 대체 그 값을 어떻게 알았을까

춘분

사과나무 밑동에
거름을 낸다

몇 포대 내기도 전
바람은 똥 냄새로 코끝을 벌렁거린다
바람 많은 관방마을
높새바람 소소리바람
떼로 뭉쳐 그 냄새 퍼 나른다

마침내 달달한 과실 매달 생각으로
옆구리 내어주는
사과나무 빈 가지들

과실이 달릴 때까지 저 냄새 맡고 살아갈 것이다
과육이 익을 때까지 저 냄새 껴안고 살아갈 것이다

중참 바구니 바라보고 서 있는
내 발등에
춘분 한 뭉텅이, 확 쏟아진다

중개보조원

커다란 장부 옆구리에 끼고
알이 밴 다리 짚으며 계단 오르는
그녀는 중개보조원
굽 낮은 신발만 있다는
그녀는 주공아파트 상가에서
집을 소개하는 수수꽃다리
엘리베이터도 없는 오래된 아파트 맨 꼭대기 층을 소
개할 때에는
손님보다 앞장서서
단숨에 올라야 해요
허리와 무릎은 한층 한층 리듬을 맞추죠
한 번 더 보여 달라는 요청이 오면
마음도 몸도 벌써 리듬을 타고 올라가요
도시는 참 수직적이죠 그녀도 꿈은 수직이에요
아무도 없는 곳에선
난간 잡고 힘껏 허리 펴 봐요
휴대폰 전화벨이 울려요
이사하기 좋은 날은 자주 있는 게 아니거든요
물건 장부 내려놓고 단화 끈 질끈 동여매는

그녀는 중개보조원
늦은 저녁을 들어요
수수꽃다리 향기가 코끝을 스쳐요
세상의 집을 소개하는 일은 참 고달프고 행복한 일이
에요

오미리 촌집

이번에는 소음 문제를 내놓았다

오미리 촌집을 산 남자
눈곱도 떼지 않은 얼굴로
참 질기다
뒷산 굴참나무 가지에 앉았던 까마귀
대평 강 쪽으로 질러가며
찌익, 똥을 갈긴다

앞마당 한가득 들여놓은 대평 바람과 반짝이는 강물,
산새, 꽃향기
이 모두를 통째로 얹어 받았으니
남는 거래라며
잘 달랬는데

또다시 내 일요일을 송두리째 빼앗아버렸다
밤이 오면 산새 발끝에 썩은 나뭇가지 부러지고
강물 소리 밤새 언덕에 부딪힌다고
저들이 내는 노래도 소음이라고

하자라고
트집을 잡는다

낙엽 구르는 소리도 백 리를 간다는 오미리
차라리 내가 저 집 주인이 될까
참 어려운 시골집 중개仲介

귀가

어쩌자고 저녁의 고속도로로
내몰렸을까
커다란 개 한 마리
중앙선 지지대에 바짝 붙어 간신히
간신히, 네 다리를 지탱하고 섰다
순해진 눈망울
금방이라도
툭, 물기가 떨어질 것 같다
나도 멈추지 않았다
나도 그냥 씽씽 지나갔다
표정 없는 사람들을 태운 차들은
밤이 오기 전 어서어서 집으로 들기 위해 달렸다
자동차 속력에 몸이 흔들리는 짐승은 나무처럼 붙박여
그런 우리를 이해하는 듯했다
속도보다 어둠이 더 두려웠는지
짐승의 두 눈이 잔뜩 겁을 먹고 있었다
짧게 마주쳤을 때
나는 그 눈을 금방 외면했다

꿈속에서 나는, 밤의 고속도로 한가운데로 내몰렸다

돋보기

낮은 콧등에 눌린 자국

선명하다

눈밭에 찍힌 고양이 발자국 같다

흙에 찍힌 빗방울 무늬 같다

하늘을 건너간 구름 자국 같다

후드득 빗방울이 박음질해 놓은

파란 우주가 보인다

삼분령

해질녘 삼천포, 실안 삼분령으로 가자
살다가 때도 없이 눈물 나거든
멀리 수평선 끌었다 놓았다
끌었다 놓았다 뽕짝 한 자락 뽑으면서 가 보자

삼분령은 3분 동안 울 수 있고
삼분령은 3분 동안 나를 바라볼 수 있는 곳

푸른 어깨 내어주는 산자락 돌고 돌아
그물 던져 잡아다 주는 싱싱한 바다
한고비 두 고비 비린내로 속을 채우면서 가 보자
커다란 노을 손수건으로 울고 난 뺨을 닦아보자

나직나직 스며드는 저녁
마주 보는 곳이 온통 바다
처마 낮은 집들에게서 흘러나오는 저 불빛 따라

그래, 잘살고 있는 게지?
문자 대신

노을 진 바다 따라와 한없는 반짝거림으로 물어봐 주는
삼천포 내 고향, 실안 삼분령으로 가 보자

목련 아래 고양이

그녀를 만났어요
모처럼 외출하는 것처럼
온 얼굴에
미소를 띠고
분을 바르고 있었어요

꽃샘바람이 불 때마다
살짝살짝 옆모습이 보였어요
예민한 내 심장
부푼 풍선 같았어요

밤새 쓰다 지우다
연서 같은 그 꽃 아래
부신 눈을 부비며 마른세수하는 나

짝사랑
맞죠?

유등

달빛이 말차를 젓는다

낡은 지붕 아래 사는
사람들이 쓴
발원문

새벽시장으로 향하시던
어머니 등에서 나던 파스 냄새처럼

저기, 어머니의 강에 달빛이 내린다
푸른빛을 구부려 물을 젓는다

슬픈 것들은 언제나
잘 풀어진다

개구리 주차

인도에 반쯤 걸쳐 주차한 적이 있다

바닥으로 내리지 못한 바퀴와
위로 올리지 못한 내 한쪽 발은
공평하게 기울기를 흥정했다

비스듬한 세상에 사기당하고 반지하에 세 들어 살 때
도 그랬다
일어서면 머리는 지상에서
발은 지하에서
기울기를 맞추려고 구부정한 시간들을 보냈다
간혹 서로가 있는 곳을 확인하려고
창을 열어 빛을 끌어들이기도 했다

일정한 기울기는 바닥과 빛을 타협한다고 믿었다

친구가 보낸 편지는
지상의 번지를 써서 되돌아간 적 한 번도 없었으며
전구는 지하에 이불을 깔고 누워도 환했다

내 살던 동네 인도에
개구리 주차를 하면
지하방에 살던 그 시절 생각이 난다

요즘도 나는 가끔 인도에 걸쳐 주차한다

하일夏日

평사리 기와지붕 안에서 멈췄다
방문마다 걸어놓은 자물통에서 멈췄다
대청마루 홈에 낀 먼지에서 멈췄다
마루 위에 걸쳐놓은 시렁 대나무에서 멈췄다
댓돌에 벗어놓은 신발의 해진 가죽에서 멈췄다
오래된 사과나무 흙에서 멈췄다
박주가리 꽃이 피다 멈췄다
강아지풀이 반짝이다 멈췄다
자물통에 햇살이 비쳤다
햇살이 신발에 발목을 넣었다
먼지가 폴폴 날았다
대나무에서 인기척 소리가 났다
사과나무밭에서 사과가 익어가기 시작했다
박주가리 줄기에서 보랏빛 꽃이 향기를 피웠다
여자는 혼자였다

2부

애월

애월의 눈은 누워서 오는데
수직절벽 기대오는데
나는
자몽을 마시네

눈은 푹푹 내리고
폭설과 고립, 텔레비전 기사가 나가고
나는 자몽을 마시네

주말이 지나면 시말서를 써야 할 여행객은
결항 통보,
문자를 읽으며
혼자 자몽을 마시네

수도관이 터져 더 묵을 수 없다는
게스트하우스
여주인의 굵은 목덜미 보며 마시네
눈이 언제 거칠지 모른다는 일기예보
아나운서의 허무맹랑한

입술을 보며 마시네

흰 눈 내리는 애월
수만 폭 바다를 깔아놓고
자몽자몽 나는 자몽을 마시네

몽돌

신수도 앞바다에 몽돌이 널려있다
파도가 칠 때마다
조금씩 조금씩 바다 밖으로 밀려 나온다

저 몽돌들, 바다의 심장 같다
바다에도 심장이 있는 것 같다

검다
밀려나온 돌들은
검다

바다가 다가올 때마다 차르르 차르르 아픈 소리를 낸다

나, 저 몽돌처럼 내 심장 꺼내놓고 살았다
새카맣게 속이 타서 살았다

내 몸속에 있지 못하고 빠져나온 심장은
오늘도 박동 대신 차르르 차르르 파도소리를 낸다

항아리 속의 달

마흔의 여자
꽃을 담고 있네
볕 좋은 오후 빈 독에 색색의 꽃을 따놓고
첫눈 섞어 꽃물을 담그네
세상 모든 꽃잎에는 상처가 있어!
작은 소리로 중얼거리며 꽃물을 담그네
이건 엄마가 가르쳐 준 묘약이야
속에 든 상처는 뭐든 효험이 있어!
조곤조곤 지그시
입술을 누르네
작년에 담근 꽃잎은 효능이 없어
아무리 마셔도 외로움이 낫질 않아
나 혼자 담은 꽃물을 망쳤어
오늘 꽃점 짚어가며 새 꽃 따러 가는 길
강물이 길을 여네
노란 꽃물 담은 항아리가 밤하늘에 걸렸네

뚜껑을 열면
세상 모든 항아리 속엔 보름달이 떠 있네

퇴근

초북로 사거리에는 제초제 파는 농약방 지나
비석 새기는 석재상 지나
우리도시락이 있지
이면도로가 있지
이제는 잊혀가는 고향이 있지
옆집 아재가 농약을 사이다처럼 마시고 돌아가셨을 때
새 무덤 앞에 비석 세워놓고
우린 도시락을 까먹었지
꾸역꾸역 먹었지 까마귀 땅콩 까먹듯 맛있게 먹었지
그날 그 길가 조등처럼 걸린 간판들,
그리워라 나 이제 집으로 돌아갈 때도 일부러
그 길로 가볼까 해
터벅터벅 가볼까 해
제초제 파는 농약방 지나
비석 새기는 석재상 지나
야금야금 시골을 파먹어 들어오는 여기는 중소도시의
외곽
이면도로엔 나의 이면이 있지

검은 새

내 눈동자에 살고 있다
망막이 찢어져
구멍 난 내 눈자위에
둥지를 틀고 살고 있다

같이 밥 먹고
같이 잠자고
같이 사랑하자고

새장을 열어놔도 날아가질 않는다
망막박리,
의사는 새 이름을 지어줬다
흰색 속에 사는 새라고 했다

같이 울고
같이 웃고

내 눈동자만 졸졸 따라다니는
검은 새

……망막박리

치통의 아침

밤새 한숨도 못 잔
볼을 본 적 있니
오른쪽 왼쪽
크기가 다른 볼을 본 적 있니
사과가 되고 싶었던 거지
과일이 되고 싶었던 거지
왼뺨과 오른쪽 뺨이 다른
태양이 되고 싶었던 거지
달님이 되고 싶었던 거지
이슬이 되고 싶었던 거지
구름이 되고 싶었던 거지
구름은 자주 얼굴이 변해
아침에 본 구름도
어제저녁 구름과는 달랐어
구름의 얼굴을 갖고 싶은 나는
요동을 쳤고
새가 되었다가
꽁지 빠진 새가 되었다가
옆구리 터진 새가 되었다가

추락하는 새가 되었다가
한숨도 못 잔 볼이 되어
아침을 맞았지
이쪽 뺨과 저쪽 뺨이 다른 아침을 맞았지

선택장애

아파트 단지에 꽃시장 서던 날

나, 우아하게 무릎 꿇어 너를 데려왔지

초록 잎을 골라요
작고 붉은 꽃을 주세요 하는 분명한 말은
언제나 내 몫이 아니었지

꽃들 앞에서 나는 애매모호
도대체 무얼 골라야 할지 몰랐지
파장의 꽃장수 아저씨가 서둘러 골라 준 꽃

너도 식당에서 고르는 메뉴는
언제나 아무거나
식당 주인이 재촉할 때까지

아무거나
아무거나

내 딸이 신랑감을 고를 때도 아무거나?

귤하 橘下

해풍 냄새가 나요
바다를 쏘다닌 날이 벌써 여러 해째예요
귤나무 아래 의자를 갖다 놓으면
예전처럼 그가 올까요

아무리 노를 저어도 푸른 하늘 은하수
그를 삼킨 해일은 무슨 표정일까요
그믐은 건널 수가 없어요

세상 모든 귤나무는 해풍이 불어오는 반대 방향으로
귤을 매달아요

여자는 언제나 삭혀야 해요
그믐이 되면
귤나무집 여자는
먼 수평선을 바라보아요

지리산 감나무

지리산 감은 오래간다
가지가 휘도록 매달고도 끄떡없다
오래오래 산빛을 물 들이고 있다
지리산 감은 익을 대로 익어서
사람이 시리도록 보고 싶을 때 온다
가지 끝까지 등불 내어
밝히는 걸 보면 안다
오도재 초입, 옴팍집 한 채
위도 아래도 오직 노부부 집 한 채
사람 목소리가 그리워
두어 그루 잘 익은 감나무로 물들었다
세상 풍언 들려주는 할아버지 곁에서
이 빠진 나팔꽃처럼 웃는 할머니,
사람이 그리워질 때가 있다
나도 그리움 매단 채 흔들리고 싶을 때가 있다
찍어다오 찍어다오 나도
잘 익은 지리산 빨간 감나무를 찍는 너의 카메라에
줌인 되어 나도 한 그루 눈부신 나무가 되고 싶다

미소 인형

자동차만 보면 인사를 하네
두 손을 공손히 모은 채
고갤 숙이네
백화점 입구에서
식당 계산대에서
인사하는 인형처럼
똑같은 자세 흐트러지지 않네
건전지만 빼면 멈출 것 같은 여자가 있네
무심한 듯 잔잔히 올려다보는 눈이 있네
거친 말은 도무지 하지 못하는 입술이 있네
닫아주고 싶네
나, 그녀에게 다가가
살며시 건전지 빼 주고 싶네
피곤의 스위치 내려주고 싶네
눈만 감으면 떠오르는 그 인형

고된 하루를 마감하고
홀로,
오늘도 TV 앞
푹 꺼진 소파를 차지하고 앉아 있네

화장 化粧

단발머리 여자애가 벚나무 아래서
거울을 꺼내 화장을 고친다
초경을 시작한 꽃잎들
화르르 떨어진다

막 물이 오르던 열여섯
여학교 가정시간

선생님 눈도 못 마주치고
분홍 꽃잎만 생각하며
벌렁벌렁 나부대던 가슴

나에게도 저런 분홍 꽃잎 시절 있었지
벚나무 아래 앉아 거울 들여다보는 어린 여자 옆에 나도
빈 엉덩이 앉혀본다

좋다,
벚꽃 핀 세상

나이 들어가는 내 얼굴에도 오늘은 화장이 참 잘 먹었다

삼천포 폐역

벚꽃이 흐드러지면
나, 삼천포 폐역에 가서 기차표 끊고 싶어진다
빠알간 운동화 신고
김밥 사이다 챙겨
화엄사행 기차표 끊고 싶어진다

열세 살 아이
전망이 잘 보이는 창가에 앉혀
그때 그 기차 소리 들려주고 싶어진다
수학여행 기차표 대신 밀가루 한 포대 들고 오던 엄마
얼굴에 핀
그 하얀 웃음 잘라내고 싶어진다

역무원 떠나고 없는 폐역
하얀 꽃잎 뒤집어쓴 측백나무와 어린 동무 얼굴 같은
민들레

폐역의 기차는 아직도
나를 기다리고 있다

김밥 사이다 챙겨 수학여행 가자고 기다리고 있다

봄날과 두통

화분에 심어놓은 식물
줄기가 뻗어 나가요
내 머리카락이 자꾸 길어나가요
생눈을 찔러요
꽃 볼 생각일랑 아예 하지 않아요

꽃병을 잘랐어요
식탁을 잘랐어요

－여자는 이마가 훤해야 남편 복이 있단다
－누가 그래요? 이모할머니
오래전 틀니 생각이 나요
부엌가위로 요리 대신 이마 숨기고 있던 앞머리를 자
를까 해요
덜거덕거리는 부엌가위
틀니 소리

진통제도 듣질 않아요
진즉에 자를 걸 진즉에 잘라볼걸

줄기차게 뻗어 나가는 화분 속
넝쿨 식물 줄기

두통을 잘라요 치렁치렁하던 내 앞머리를 잘라요
꽃나무란 꽃나무 다 꽃 피우는
이 봄날에

싹둑,

미화

흙 묻은 몸에 노란
꽃대
꽃대들

겨울 지나고 봄
친정집 텃밭에서 택배로 보내져온 무 한 자루

고향에서 나는
아름다운 꽃이었다
통새미 배꽃이었다가 팔포역 매화꽃이었다가
동구 밖 복사꽃이었다

그를 만났고 그를
사랑했고
그의 아기들을 낳았다
그가 죽고 나는 이름을 바꿨다
美花에서
미화美和로,
이름을 바꾸고 마음을 바꾸고 꽃 색깔을 바꿨다

배꽃 매화꽃 복사꽃 세상의 온갖 꽃들을 다 눌러 삼켰다
그랬더니 무꽃이 됐다

지난겨울 그 캄캄한 어둠 속에서도
저렇게
노랗게
꽃대를 밀어올리고 있었다니,

나는 친정집 텃밭에서 택배로 보내져온
자루 속 무꽃을 들여다보며 미소를 짓는다

지하에서 피워 올린
너와 나의 미소

환하다

새벽, 삼당 민박집 콩밭을 걸으며

마흔 넘어 불현듯 귀를 뚫었어요 저 노간주나무처럼
혼자되던 날부터, 잘 닦은 길을 내어 걷고 싶었지만 어
머니 저는 모래바람처럼 일다 자주 가라앉곤 했지요 혼
자되고부터 밤이면 온갖 잡소리들이 찾아들어 바람결에
수숫잎 자지러지듯 내 몸의 고랑을 헤집고 다녀요

어릴 적 저는 유난히 밭고랑 건너길 좋아 했지요 콩순
이 우거져 드러눕지도 못하던 고랑마다 수수며 옥수수
며 강낭콩 심어놓고 그것들 사이사이 잘도 콩콩, 뛰어다
녔으니 저 때문에 피지도 못한 콩꽃들은 얼마나 저를 원
망했을까요?

귀가 아려 일어난 새벽
어머니 생각하며 하얀 콩밭을 걸어요
민박, 민박이란 말 참 좋아요
어지러이 콩밭 속에 머물던 것들 밤새 자라서
비어버린 호적부처럼 집을 비웠군요
맨살의 콩잎에게 일일이 눈길을 줘줍니다

이슬 맺힌 콩꽃 사이로
홀로 뜨거워진 내 피가
잘 여문 당신처럼 맺히려면 아직 멀었을까요?

그런데 어머니 귀가 아려요
무엇을 들어야 하나요
무엇을 물어야 하나요
자꾸만 자꾸만 귀가 아려요

이사하기 좋은 날

사다리차 위에서 장롱이 속절없이 비를 맞는다
온몸으로 맞는다

비 오는 날 이사하면
잘 산다는 소릴 들었을까

청테이프로 두 팔 묶인 채
반쯤 벗겨진 비옷 위로
후두둑 후두둑 비를 맞는다

장롱이 할 수 있는 건 오직 비를 잘 맞는 일뿐이라는 듯
반갑게
비를 맞고 있다

나도 일기예보 알아보고
이삿날 한 번 잡아봐야겠다

쥐눈이콩에 대한 기억

쥐눈이콩을 놓쳤다 손바닥으로 쓸어 담다가, 손가락
틈새를 빠져나가는 것들과 실랑이를 벌이다가 고 까만
눈과 마주쳤다 일곱 살, 혼자 방에서 앓아누웠다 누렇게
바랜 천장 도배지 구멍에서 생쥐 두 마리 말을 걸어왔다

낮이었지만 방안은 어두컴컴하고 조용했다 징글징글
하게 까만 그들이 내게 친구 같이 말을 걸어왔다 나는
그 까만 눈들을 따라 별처럼 반짝이는 눈들을 따라 한
없이 놀았다 그러다 그들은 나를 저녁 가까이 데려다주
고 돌아갔다

방을 새로 도배한 뒤에도 한참이나 안부를 물으러 왔
으나 나는 그들을 보지 않았다

저렇게 작고 여린 것들을 나는 종종 놓치곤 한다

3부

때가 묻거로

취업한 손녀 앉혀놓고
노모의 얼굴은 오랜만에 웃음꽃이다

−그래 니는 지금 뭐 한다꼬?
−예, 저는요, 지금 연수 중이에요
−뭐라꼬?
−사람들하고 빨리 친해지게 교육받는 거라구요

−아아, 서로 때가 묻거로!

휴지꽃

이사시켜 드린 단칸방
나일론 끈에 달아
벽에 매단 두루마리 휴지

급매로 넘기고 온 안방 벽
빨래 집게에 물려 걸려있던
은행 독촉장 생각난다

겨울보다 먼저
문풍지를 바르고
추위 맞을 준비를 했다

나일론 끈에 매달아 놓은 휴지
둘둘 풀어
눈물을 닦아내는데

저기 저 고물상으로
박스 끌고 들어가시는

휴지 다 풀리고 남은 빈 지관_{祇箸} 같은 어머니

호박씨를 까다

세상 둥근 것들은 나무 탁자가 키운 꽃이다
저마다 몰골이
말이 아니게 깨어져서 들어오는 저녁

저녁의 볼이 반쪽 나서 하늘에 걸린다

반쪽 난 것들은 약속이나 한 것처럼
탁자에 둘러앉아
호박씨를 깐다

둘러앉아 까는 것은
꽃으로 태어날 준비를 하는 건데
마늘을 깔 때도
양파를 깔 때도
제 아린 손으로
동그란 얼굴 만져주며 웃는다

세상 둥글둥글하게 사는 거지 뭐,
입안 가득 사람 냄새 풍기며

둥글어진 얼굴들

저녁의 꽃받침 위에 올라앉아
새 살을 까고, 손톱을 깎고, 깨진 이마를 깁는다

씨앗 세 알

작은 산밭에 땅콩 심어놓고
오가며 들르는데
누가 땅콩껍질 수북하게 쌓아놓았네
까치 부부 정답게 마주앉아 땅콩 까먹었네

저 밭에 씨앗을 넣으며 노래하시던
어머니 생각이 나네

구덩이 속 씨앗 세 알……

한 알은 네가 먹고
한 알은 내가 먹고
한 알은 아프거든 쉬거라

고라니도 새도 아픈 씨앗도
다 식구라던
어머니 웃는 얼굴 생각이 나네

까치 부부 배부르게 먹을 때까지
나, 오동나무 아래 앉아 쉬고 있네

고흐와 아홉 번의 괘종소리

오늘도 귀에서 괘종소리가 난다
곧 두통이 시작될 것이다
엄마의 빈방에 걸린
고흐가 그렸다는 해바라기
나도 엄마가 되고서 알았다 꽃말이 기다림이란 걸
꽃잎 떼어낸 자리
엄마를 숨기기 적절했는데
또다시,
오후 다섯 시의 열 살 아이가 거기에 갇혔다
보리쌀통에 갇히고
우물에 갇히고
마루 닦는 걸레에 갇히고 엄마의 냄새에 갇혔다
엄마가 일하는 공장 벽에 허리 굵은 해바라기가 채색
되었다가
무채색이었다가 점점점 사라져 갔다
그때야 엄마가 낡은 신발을 끌고 돌아온다는 걸 알고
있었다
아홉 번의 괘종소리가 빈집 마당에 울려 퍼질 때

성장을 멈춘 아이는 제 왼쪽 귀를 만지는 버릇이 생겼다

해변의 카메라

톡, 톡, 톡
물수제비 뜬다
비스듬히 바라보는 수면은
반짝거림도 수심도
잴 수가 없다

−이젠 제 인생을 살겠어요
선언을 하고 떠난
아이,
홍대 거리에서 물을 만났다
서울이 그렇게 좋은가 보다

가만히 오른쪽 귀 어깨에 대고 올려다보면
물의 낯색은 여드름 난 사춘기다
여기저기 뿔처럼 돌아 들이받다가
제자리로 순하게 돌아온다

한 번,
두 번,

파닥거리다 바다 품으로 돌아가는 돌의 지느러미처럼

아빠 영정사진을 안고 떠난
아이는
이제 서울이라는 나라, 내가 잘 알지 못하는 나라에
산다

하얀 운동화

현관에 놓인 하얀 운동화 한 켤레
먼 길 다녀온 내 단화에
곁을 기대오네

고생 많았다, 아들아

객지에 내려주고 온 아들은
금방 그리워지네
금방 또 보고 싶어지네
매정하게, 주저 없이
커다란 제 숙소 문을 열고 들어가 버렸네

둘이 손을 잡고 걷던 공원
봄이 되면 다시 찾아오는 목련처럼, 이라고 부탁을 했지
옮겨 심은 나무예요, 아들은 잘라 답했지

편의점 컵라면을 후루룩거리며
스티로폼 그릇에 묻은 색깔처럼 분명하게

목련을 보면 운동화가 생각나는 버릇은 버리세요
아들은 새 운동화를 단정히 벗어놓고 들어갔네

혼자 돌아온 현관에서
나, 우두커니
커다란 아들의 운동화에 내 가느다란 발목 넣어보네

아들아
내 하얀 운동화야
몸 건강히 잘 지내거라

글라브라 글라브라 악보

글라브라 마로니에
한적한 공원의 오후 네 시가
병동의 그림자에 밀려 나무울음 소리를 낸다
덜 맞춘 화음으로 낙엽만 흩어놓은 채
마로니에 키 큰 나무
빈한한 하루가 때맞춰 어깨를 비틀거린다
사느냐 죽느냐
암 병동 직원과 실랑이를 벌인 날은
아내는 굽은 나무가 되고 나는 악사가 되어
하루를 연주하다 돌아오곤 했다
줄이 끊어진 하루가 속수무책
흔들릴 때도 있지만
아내의 입술에 묻은 나무울음은 은쟁반 위 구슬처럼
눈부시다
토닥토닥 나는 나무울음을 껴안는다
어깨를 빌린 마음이 낮은 음계로 스며드는
글라브라 마로니에
우리가 부르는 물기 젖은 노래는 마음 뿌리에 가 닿는가
어느새 별빛 총총 내려앉아 아름답다

글라브라 글라브라
낮은음자리 악보가 다소곳이 내려와 앉는다

봉곡동 시락국밥집

중년의 남자와 여자가 저녁 한 끼를 기다린다
식당 주인이 메뉴판에서 가리키는
뜨거운 국밥 한 그릇
새벽부터 서울대병원 다녀오는 남자의 속을 다 아는
게지
춥죠,
이 말 한마디면 다 되는 게지
저 국밥이면 몇 숟가락 뜰 수 있을 거 같다는 남자의
말 한마디
그 말 한마디와 또 다른 말 한마디가
마주앉아 국밥을 먹는다
한 술
다시 한 술
고개를 숙인 두 그림자가 말없이 국밥을 먹는다
오늘은 저 두 그림자 작정하고 온 것처럼
천천히 국밥을 삼킨다
사그락사그락,
주방에서 나는 약봉지 소리 같은
마른 시래기 안치는 소리

그 소리 자꾸 듣고 싶어 한 번씩 고개 들어 주방을 들
여다보면서 먹는다
　봉곡동 시락국밥집 대형 가마솥에
　국밥이 끓는다

쑥떡

아버지 손톱 밑에 번진
초록 물감은
나를 어리둥절하게 만들었다
아버지 쭈그리고 앉아
막 올라오는 쑥을 캐면서
무슨 생각을 하셨을까
쑥떡을 손에 쥐고 한참을 들여다본다
등록금 못 내서 쫓겨 와
문밖에서 몇 번이나
안방 문고리를 잡았다 놨다
입안에만 맴돌던 아버지란 단어
나도 문고리도 그리고 아버지란 소리도 함께 놓아버린
그 날처럼
쑥떡을 먹으면 늘 목에 걸린다
노란 콩고물 이리저리 묻혀가며
한 입 크게 베어본다
아버지 손톱 아래 배여 있던 쑥향
언제 먹어도 진하다

백무동 호두나무

밤이 되어야 문이 열리는
지리산 별들의 집
백무동 기슭에 호두나무 한 그루가 있다
한쪽은 낡은 지붕에 또 한 쪽은 사라진 반쪽 달
어둠 끝에 닿아
하늘 통로가 되어 서 있다
반쪽으로도 그리움에 가 닿는 밤이면
푸른멧새 호두나무에 든다
스스로 열매 쪼아야 하는
아득한 세 아이들이 반쪽 품으로 든다
새들도 처음부터 열매 쪼아 먹는 것이 쉬운 일 아니었
는지
가지마다 부리 자국이 나 있다
가지마다 서투른 몸짓이 별처럼 초롱초롱 박혀 있다
밤이 되면 백무동 호두나무는
별들을 단다
아이들을 앉혀놓고 새들의 이야기 들려준다

에펠탑 그리는 여자

에펠탑 마지막 층을 남겨놓고
만삭의 딸이 멍을 때린다

─꿈은 크게 꿀래요
누가 봐도 높고 우아하게 살고 싶어요
결혼을 앞두고
딸은 모형 에펠탑을 들여왔었다

─하루하루 에펠탑 꼭대기가 멀어져가요
누가 탑의 높이를 조종하는 거 같아요
딸이 하소연할 때마다
나는 타일렀다
─멀리 떨어져서 바라봐
그러면 그 무엇도 높지 않아

세상 모든 탑은 뾰족하다
바람이 그 난간을 붙잡고 흔든다

만삭의 딸이

에펠탑을 그리다 말고 머뭇대고 있다
한숨을 쉬고 있다

뱃속의 태아가 툭, 엄마의 배를 찬다

시월 국화

어제까지 미친 짓이라던
그리움
지체 없이 피어
저마다 묵은 향을 내는데

─아빠, 그곳에선 안 아프세요?

손 떨리는 여섯 살배기 편지
잘 받으셨는지

그날의 시린 달빛은 오늘 밤에도 찾아와 비추는데
기다리는 답장은
어디쯤 머물러 있을까요

흐드러진 꽃잎들은 또 어느 수신인의 우표인지 올해도
어김없이 피어나네요

올해도 웃자란 아들 손 글씨
잘 읽었다는

당신 편지는
어디에도 안 보이네요

무화과

옛집을 떠올리면 아린 맛이 올라온다
학교에서 돌아오면
찐 옥수수로도 채워지지 않는 허기
우리 오 남매는 마당에 있는 무화과를 따 먹었다
과육은 매일 먹기 좋게 익어 있었다
먼저 본 사람이 임자였다
언니 오빠는 위에 것도 잘 따먹었다
엄마를 기다리다 어린 막내가
아래쪽 가지에 달린
풋것을 따먹었다
입안에 붉은 돌기가 쐐기처럼 솟아오른
막내를 업고 바다에 간 엄마를 기다렸다
돌담 너머 행길을 내다보며
악을 쓰며 막내가 울고
나도 울었다
엄마 젖을 물리면 나을 거 같아
울며 서성거리던 옛집 마당은 사라졌지만
무화과 익는 계절이 오면
아직도 우리 오 남매는 그 아리고 달고 슬픈 이야기꽃
을 피운다

참말, 거짓말

−야야, 괜찮다 내는

너른 집이야 치우기만 힘들지

우두커니 선 빗자루 참 못났다

−야야, 씰데 없이 집이 크모 춥다

한 칸짜리 방에 뽁뽁이 비닐을 붙인다

−인자 따시다, 이불 밑에 손 넣어봐라

때맞춰 혼자 사는 여자 보일러 기름통

텅텅 빈 소리 울린다

동지冬至

　할머니께서 물려주신 커다란 백솥 아깝다 아까워 엄마
는 새하얗게 닦아 시렁 위에 올려놓고 일 년에 몇 번 내
려쓰곤 하셨다 그날은 특별한 날 반질반질 윤이 나는 솥
내려 아궁이에 거셨다 우리 오 남매 장작불 활활 타고
있는 아궁이 앞에 모여앉아 자작자작 목이 탔다 장작불
옆에는 반짝반짝 빛나는 새알, 엄마는 새알 한 움큼 넣
고 젓고 또 새알 한 움큼 넣고 눋지 말라고 젓고 몇 번을
되풀이하셨다 눌어붙으면 안 되는데 눌어붙으면, 엄마
손에 힘이 너무 많이 들어갔나 솥 밑구멍이 그만 뻥 뚫
려버렸다 새하얀 새알 들어간 팥죽 솥 밑구멍이 그만 쑥
내려 앉아버렸다 단숨에 팥죽을 삼키고 장작불이 푸시
시 푸시시 배 터지는 소리를 냈다 아궁이가 팥죽을 다
먹어 버린 날 장작불이 팥죽을 다 먹어버린 그 날 우리
오 남매 먹을 팥죽을 구들장이 다 먹어버린 그 날 우리
는 동치미 국물만 마시고 잠자리에 들었는데 쩔쩔 끓는
구들장이 뜨거워 뜨거워 오 남매는 주린 배를 걷어 올렸
다 꼬르륵 꼬르륵 우리는 서로 옴폭 들어간 배꼽 바라보
며 깔깔 웃었다

4부

1인 시위

옆에 가
슬쩍
손이라도 얹어 주고 싶다
시청 앞 광장
한때는 우리도 화분에서 컸던 꽃, 지금 와서 깔보지
말라고
보도블록 틈에
겨우
비집고 앉아 버티고 있다
밀리고 밀려 더는 물러설 곳 없는 기초생활수급자
노란 피켓 든
민들레
한 송이

나팔꽃 등기부

한 장 옮기면 십 원 받는 공사장 벽돌
그 틈새에서 꽃은 피어올랐다

홀로 키운 아이들이 집을 떠나고
다시 혼자가 된 할머니

중개소 전시 광고 앞에서
힘껏, 허공에 덩굴을 감고 섰다

처음이자 마지막이라는 듯
유리벽에 붙은 전단지 파르르 떨고 있다

꽃 피울 햇살만큼은 욕심내어 갖고 싶은
일흔다섯 할머니 등기부

생애 처음 집을 장만하시는데
행복부동산 여자가 안내하고 온
그 빈집 베란다
온종일 통꽃 모양의 해가 떠 있다

우리 공화국

네 식구 살던 아파트 팔아
이것저것 제하니
달랑 사천만 원 남았다
상속받은 것이니 정말로 순수하게 남았다
그 적은 돈으로 더 작은 아파트 전세를 들려고 했으나
물어볼 것도 없이 품귀란다
없단다 주택 전세 찾아다녔지만 또 퇴짜다
비켜줄 날은 고지서 마감날처럼 꼬박꼬박 다가오고
할 수 없이
그녀는 허름한 집을 다시 사기로 했다
옆방에 전세 들이고
제3 금융권 뒤져 대출받아
다시 우리 공화국 소유주가 됐다
이것이 내 살인지 아닌지
그녀는 가끔
제 살을 꼬집곤 한다

민꽃 이야기

그녀가 꽃을 훔쳤다

마을 앞 꽃길 만들 때 그녀는
자주 밤 외출을 했는데
그때마다 장독대 울타리엔 꽃나무가
하나씩 늘었다

꽃에 관심이 많았던 내 유년,
소박맞은 그녀의 뜰엔 꽃나무들이 가득했다
목단, 장미, 영산홍……

내가 알고 있는 그 꽃들은 하나같이 붉은 꽃들이었다
늘 활짝 피어 있었다

첫 아이를 낳고 나는 알았다
그녀도 여자란 걸
스스로 꽃을 피울 수 없는, 여자라는 걸

아구찜

오지게 맵다
마주 앉아 종점에서 아구찜 먹는 두 사람
바닥만 치다 오늘만큼은
입천장이라도 데이고 싶었을 것이다

아주 매운 찜을 먹다가
―아무리 그래도 신발은 사 신을 줄 알았지
한 남자가 맥주잔에 소주 붓고
매운 국물 한 숟갈 퍼 넘긴다
―말도 마
요샌 다 컴퓨터로 주문해
다른 남자가 뼈까지 오도독 씹는다

대한 지나 신발장수 책장수가
찜을 먹는다
추위보다
매운맛이 더 눈물 날까
콧물 닦은 휴지 생선뼈처럼 쌓인다

매운 입천장 바람 불어가며
아주 매운 음식을 먹는 종점 아구찜
아홉 시 뉴스 앵커 한 소리 거든다

공기가 제법 풀리고 있습니다
그래 종점도 곧 입춘이다

깨소금집 여자

삼십 년째 깨 볶는 여자가
불의 나라에 산다

그녀는
맨드라미 화장을 하는데
살짝 입꼬리만 올려도
시장 안 공기가 후끈 달아오른다

장미 꽃잎처럼 새빨간 립스틱 바르고
검은 쫄쫄이바지
깨 젖는 박자 맞추느라 씰룩대면
그녀는 여전히 여름날 장독대 옆 맨드라미꽃이다

막창집 남잔가 족발집 노총각인가
두 남자
멱살잡이 끝에 토해냈던 말이
어쩌면 화신火身일지 모른단다

그녀 남편이 들으면 한바탕

프라이팬 깨 튀는 소리 날 텐데
고소하다
고소하다
집에서도
밖에서도
맨드라미 화장 하는 그녀
삼십 년째 깨를 볶는 중이다

옵투샤

우리 동네 꽃집 할배는
입이 홀쭉한 할배

꽃 이름을 불렀다 하면
팬지 옵투샤 재스민
배운 적도 없는 말들이 홀쭉한 할배의 입에서 줄줄줄
피어난다

홀쭉한 할배 입도 꽃이어서
쉴 새 없이
꽃을 피워내는 꽃이어서
오만 가지 꽃 이름들이 줄줄이 걸어 나온다

온종일 꽃 이름만 불러서
홀쭉해진 할배

입에서 나오는 말들은 향기가 된다

천 원짜리 지폐 몇 장으로 저 향을 사고파는

우리 동네 사람들은 행복하다

우리 동네 꽃집 주인은
입이 홀쭉해진 할배, 옵투샤다

물푸레원뿔나방

점이 할머니 한사코 의사의 눈빛을 뿌리친다 개물푸레나무 가지에 붙은 바람 아직 맵싸다 환자복을 벗는 손마디에서 아흔 둘 마른 잎사귀들이 바스락거린다 혼자 지내는 황토집 두고 마을회관으로 들어선다 민화투를 치다가 아우뻘인 할머니들 맨발로 뒤뚱거리며 저승 다녀온 벗을 맞는다

　-총무 할마이요 우리는 까막눈인데 할마이 업시모 우리 아들 팬지는 누가 일거주고 전화는 또 누가 걸어 줄끼요

커다란 양푼에 비빈 비빔밥, 숟가락 얹어 빙 둘러앉는다

　-우리 총무 할마시요 이제는 아무 데도 가지 마이소

마른 잎맥에 앉아 날개 접는 물푸레원뿔나방 뱃가죽이 푸르다
점이 할머니 눈에 물이 고인다

목수국

바람이 소지를 태우는 걸까
장경각 불두화
한창이다
멈출 수 있는 것은
꽃이 아니어서
끝내 다물 수 없는 울음

홍류동 계곡이
무성한 울음마저 풍장으로 보내고 나서야
나직이
나직이
비로나자불

목수국 화엄을 듣는 칠월 한통속

시트콤

치매병동 6인실 방에는요
오십 대 세 여자가 한두 살 터울로
나란히 누웠는데요

가운데 여자의 남편이 사온
귤을 먹다가
왼쪽 여자가 막 울어요
어제는 오른쪽 여자 남편이
마사지해주는 거 보고는
가운데 여자가 전화로 울부짖었거든요
내일은 분명 왼쪽 여자의 남자가
생선 비린내 묻은 손을 흔들어 보이며
들어서겠죠

아이들은 아직 미혼이라고 말했죠
전등이 끔뻑거리다 촉이 나가면
새 전등으로 갈아 끼워요
세 남자들이 공구도 없이 갈아 끼워요

생의 중간쯤에서 아이가 된 세 여자의 방에는요
귤을 까서 서로 먹여주는
세 여자의 창가에는요
샘이 많은 수선화 세 송이
한두 살 터울로 피어있어요

아빠와 그레텔

얘야, 빨간 리본으로 네 손발을 묶어줄게
차가운 타일이 있는 세탁실로 가자
아빠, 새엄마 품에 안긴 푸들이 될래요
저도 개밥을 주세요

(지금 우리는 게임 중이에요
제가 맡은 역은 그레텔
누구도 말려선 안 돼요
새엄마도 새엄마 친구도 동참해요)

아빠가 시작한 게임은 붉은색을 좋아한대요
크리스마스 케익을 묶어온 리본도 붉은색
내 손발을 묶은 리본도 붉은색
뱀 혓바닥에 놓인 붉은 빵이 나를 노려보아요
붉은 눈알 여섯 개가 포크를 들고 일제히 나를 노려보
아요
방안에 붉은 혀가 둥둥 떠다녀요
저기를 보세요, 생크림 묻은 손으로
몽둥이 들어요

돌아가며
빵은 소름 돋고 무섭게 포크를 찌르고 있어요
하지만 나는 빵의 행방을 알 수 없어요

짧은 옷을 입은 마른 뼈들이 타일 바닥에 앉아
덜덜덜 소리를 내요
하얀 눈이 교회 종소리에 실려 오면 부푼 빵을 그리고
싶어져요

저 창을 나가 가스배관을 타고 집으로 돌아가는 꿈을
꿔요

아빠, 이 게임은 언제 끝나요?

* 2015년 12월 23일 자 뉴스에서 계모에게 학대받은 아동이 여름옷을
  입고 있었다.

화련 가는 열차

객차는 입구에서 만원이다
태북*에서 신성으로 가는 기차
서로 포개 앉아
화련 가는 기적은 울린다

베이비부머 명찰 달고 차창에 기댄다
여권 만기일보다 먼저 온 환갑날
하얗게 센 머리카락 쓸어 넘긴다
처음 끌어보는 캐리어처럼 호기심 많은 웃음들
신성으로 가고 있다
화련으로 가고 있다

어제가 오늘처럼 와 있다
이국 신성으로 가는 동심
새가 되어 지저귀고 예쁜 꽃으로 피어 어우러지고
객차는 만원
하하 호호 신난다
손짓 발짓 이야기꽃을 피우고 있다

* 태북: 대만

눈 오시는 날

허氏의 구둣방을 기웃댔네
허氏 아내 혼자
저녁을 맞으며
누군가의 구두 한 짝을 깁고 있었네
수많은 길을 걸었을 누군가의
구두가
허氏도 없이
그녀 손에서 한참을 머무르네
팔랑팔랑 날아들었네 그녀 손에
팔랑나비 한 마리
컨테이너 지붕 위에 떨어지는 눈송이같이
수화하는 여자의 손에 앉은 나비같이
젖어가고 있네
저녁은 드는데
눈은 오는데
젖은 날개는 자꾸만 흔들리네
허氏는 잘 있는가 허氏는
나는 하염없이
내 젖은 운동화만 내려다보았네

겨울 지리산 청무 밭

눈 온다던 하늘 아직 까맣고
뽑아내지 못한 청무 산빛에 푸르다
다랑이 밭에서 오래 묵은
겨울이 익어가고 있다

겨울 마천에 들어설 때는
바람부터 심상찮다
도로표지판에
강풍주의란 예고 판이 나온다
혹한의 바람들이 잘 빚은 항아리 하나씩들 품고
나무 속이나 땅속에서 자라고 있기 때문일 게다

일곱 살 적, 어머니 등에 업혀 떼죽음 봤다는
생뚱맞은 증언

지리산은 지리산이다
눈보라는 치고 청무 밭은 덮이고
붉은 휘장 두른 단풍들 후두둑 후두둑 바람 속으로 뛰
어든다

지금은
전원의 꿈이 자라는 지리산 마천
무슨 무슨 펜션이며 식당이며 입간판들이 이 땅을 접
수하고 있다

우물자리 별 이야기

소리가 풍경을 달고 올라간다
바람 한 점에도 물소리가 몰려든다

한 살 아래 순이는
늘 일곱 살이던 순이는
우물로 간 뒤 동네 사람들 등에 업혀 돌아왔다
막다른 골목 끝 집엔 바람도 안 들르는 곳인데
그 애를 한 번씩 업고 다녔다는
늦골 떡 벌어진 사내 이야기는 회오리바람처럼 골목을
뛰어다녔다

그 사내는 등도 닫고 입도 닫았다
이웃의 등에 업혀 물앵두꽃처럼 흩어지던 순이는
우물에 걸린 두레박처럼 허공에 놓여 있었다
풍경처럼 생을 달아놓고 있었다
퉁퉁 불은 순이 손이 맑은소리를 움켜쥐고 있었다

우물에 두레박을 내릴 때마다
순이가 올라올 거 같아서

물앵두처럼 퉁퉁하게 물이 오른 순이가
맑은 풍경소리 내며 올라올 거 같아서
한 번도 풍경을 내 걸지 못했다

부추 경매

푸른 몸 사이에서 흔들리는
하얀 부추꽃,
눈빛이 간절하다
오늘은 제대로 목돈을 만져보고 싶다
이자와 혈압약과의 말도 안 되는
인수관계 틈에서
오늘만큼이라도 꼭 벗어나 보고 싶은 것이다
다행인지
머리 희끗희끗한 김노인
정신은 깜빡깜빡한데 계산은 아직 또렷하다
―36번 부추 특 2킬로 30단. 키로 당 5,000원
전광판이 김노인을 재촉한다
아무리 따져 봐도 전광판에 적힌 숫자와
노인의 머릿속 셈이 안 맞다
혈압 대신 떨어진 부춧값이 원망스럽다
부추와 부채는 무슨 상관관계가 있는지
은행을 나서는 그의 잔고는
여전히 빈 통장이다

순천만 청갈대 위를 지나가는 바람의
노래

베란다에서 장미꽃 바라보고 있으면
몇 점 구름은 또 겁 없이 그대 몸을 훔쳤는지
순천만으로 달려가고 싶어지네

태생지 찾는 습관처럼
갈대숲 찾아가네
습지로 걸어간 발은 바닥에 가 닿았는지
바람의 유랑은 갈대숲 어디쯤에서 탁란을 하고 상처를
다독이는지

거실 창 안에서
툭,
생을 놓는
저 꽃들을 보고 있으면
순천만 넓은 갯벌로 떠나고 싶어지네
그 진창에 발 담그고 싶어지네

구름과 태양과 달빛이 온몸에서 일렁대는 그곳
청갈대 위를 지나가는 바람, 또 보고 싶어지네

허氏의 구둣방

발끝에 달을 달고 저녁 강을 건너고 있는 허氏
구름처럼 떠돌았으므로
그의 생은 한쪽만 유난히 닳은 구두처럼 삐뚜름하다
그의 구두처럼 다 허물어져 가는
옥봉동 산 1번지 아파트에
조등처럼 별이 걸릴 때 저녁 하늘은
가난한 마을의 착한 지붕을 건너가면서
지상의 가장 낮은 바닥부터 따뜻하게 어루만져준다
이동전화기 판매점에 다니는 착한 처녀의
구두 뒷굽을 갈아 끼우던 허氏의 남루한 저녁에
잠깐 화사한 웃음이 번진다
이동식 컨테이너에 맞춘 그의 굽은 등 뒤로
따각 따각 처녀의 발걸음이 이동전화기 전화 연결음으
로 터진다
중심을 놓고 뒷굽을 맞춘 구두가 흔들린다
일용할 하루의 노동이 땀 내음 밴 구둣방을 넘보기도
하지만
늘 기우뚱 한쪽으로만 기우는 그의 세상에서
수선 중인 구두는

기운 없는 그의 한쪽 무릎에서 완성되는 절망이 키운
꿈이다

  다시 언제 그의 세상이 흔들릴지 모르지만 이미 구두
뒤축이나

  밑창만으로 키워 놓은

  환한 세상이 그에게선 자라고 있다

  하나둘 찾아와 박힌 별들의 뒷자리로 들던 그가

  창문에 걸린 어둠을 후다닥 걷어내고

  달빛 속에서 주춤거린다

  볼이 넓고 우직한 신발 속 그의 한쪽 발이

  나머지 발의 오늘을 타전한다

은유, 조화, 여운으로 빚은 미학적 완결성

— 이미화의 시 세계

권 온(문학평론가)

1.

이 글은 이미화의 시집을 읽으려는, 시인의 시집에 수록된 빛나는 시편詩篇 중에서도 더욱 반짝이는 일군一群의 시를 가려 뽑아 읽으며 공감하고 감동하려는 시도이다. 누군가는 이미화라는 시인을 이미 알고 있을 것이고 누군가는 그렇지 못할 것이다. 중요한 바는 이미화의 시 세계를 경험하는 일이다. 시인의 시를 읽은 후 독자들의 삶은 유의미한 변화를 마주하게 될 것이다. 여기에서 우리가 주목하려는 이미화의 시는 「목련」 「전망 값」 「중개 보조원」 「유등」 「몽돌」 「퇴근」 「치통의 아침」 「검은 새」 「선택장애」 「삼천포 폐역」 등이다. 시인의 시 세계는 삶에서, 현실에서, 일상에서 유리되지 않는다. 이 글은 이미화의 언어가 포착한 발견의 순간, 통찰의 순간에 집중하고 응답할 생각이다.

2.

상처 많은
집만 찾아와

새하얀 꽃
나누어 준다고

하늘이
목련을 겨울 내내 지고 왔다

네 앞마당에도
내 뒷마당에도
어느새
수북이 흰 꽃을 부려놓았다

오늘은 흰 발목 내놓고
조용히
발톱이나 깎아야겠다

—「목련」 전문

우리 주변에서 흔하게 마주할 수 있는 식물 '목련木蓮'
에는 '자목련紫木蓮'과 '백목련白木蓮'이 있다. 이미화가 여기
에서 주목하는 대상은 백목련Magnolia denudata이다. 백목
련의 매력은 무엇보다도 "새하얀 꽃" 또는 "흰 꽃"의 만

발滿發에 위치한다. 시인은 겨울과 봄을 잇는 시기에 개화하는 목련의 속성을 "하늘이/ 목련을 겨울 내내 지고 왔다"라는 진술에 담아 적확하게 표현한다.

이미화가 목련을 바라보는 독특한 시선은 독자의 관심을 끌기에 부족함이 없다. "하늘"의 선택을 받은 "상처 많은/ 집만" "새하얀 꽃"을, "흰 꽃"을 받을 수 있다는 이 시의 구도는 분명 개성적이다. 시인은 '상처'를 위무하는 역할을 담당하는 존재로서의 백목련을 "네 앞마당에도/ 내 뒷마당에도" "부려놓"고 있다. "새하얀 꽃" 또는 "흰 꽃"은 5연에 이르러 "흰 발목"이라는 연상 작용으로 귀결된다. 식물과 '나'가 하나가 되는, 물아일체物我一體의 경지를 다루는 시이다. 이미화의 「목련」은 작고 소박하면서도 미학적 완결성을 놓치지 않는 시이다.

터무니없이 비싸다고
버렸더니
전망 값을 얹었으니 내놓으란다
능선 베고 누운 월아산 자락
반짝이며 흐르는 남강 줄기
논물 잡아 찰방대는 들판
이 모두를 가격으로 매긴 주인의 셈법이
참 대단하다
어떻게 알았을까
물 바람 언덕 나무들도 그들의 몸값이 따로 있다는 걸

아무리 우겨도
값을 내리지 못하겠노라는
집주인은 대체 그 값을 어떻게 알았을까
—「전망 값」 전문

'전망展望'은 "넓고 먼 곳을 멀리 바라봄" 또는 "멀리 내다보이는 경치"를 뜻한다. 이 시의 제목인 '전망 값'은 넓고 먼 곳을 멀리 바라볼 때 또는 멀리 내다보이는 경치를 감상할 때 지불해야 하는 값을 의미한다. 마음에 드는 집을 구입하려는 시인에게 집주인이 전망 값을 요구하고 있는 상황이다. 집주인은 "능선 베고 누운 월아산 자락/ 반짝이며 흐르는 남강 줄기/ 눈물 잡아 찰방대는 들판"을 감상하려면 그에 합당한 값을 내라고 요구하는 중이다.

이미화가 보기에 전망 값을 요구하는 집주인은 놀라운 사람이다. "참 대단하다/ 어떻게 알았을까" "집주인은 대체 그 값을 어떻게 알았을까"라는 진술은 이를 나타낸다. "물 바람 언덕 나무들도 그들의 몸값이 따로 있다는 걸" 알아차린 집주인은 자연의 온전한 가치를 알고 있는 인물이다. 이미화는 이 세상 모든 시인, 문인, 예술가가 그러하듯이 이 시에 등장하는 집주인 역시 깨어있는 자이고 열려있는 자임을 알려준다.

커다란 장부 옆구리에 끼고

알이 밴 다리 짚으며 계단 오르는
그녀는 중개보조원
굽 낮은 신발만 있다는
그녀는 주공아파트 상가에서
집을 소개하는 수수꽃다리
엘리베이터도 없는 오래된 아파트 맨 꼭대기 층을 소개
할 때에는
손님보다 앞장서서
단숨에 올라야 해요
허리와 무릎은 한층 한층 리듬을 맞추죠
한 번 더 보여 달라는 요청이 오면
마음도 몸도 벌써 리듬을 타고 올라가요
도시는 참 수직적이죠 그녀도 꿈은 수직이에요
아무도 없는 곳에선
난간 잡고 힘껏 허리 펴 봐요
휴대폰 전화벨이 울려요
이사하기 좋은 날은 자주 있는 게 아니거든요
물건 장부 내려놓고 단화 끈 질끈 동여매는
그녀는 중개보조원
늦은 저녁을 들어요
수수꽃다리 향기가 코끝을 스쳐요
세상의 집을 소개하는 일은 참 고달프고 행복한 일이에요
—「중개보조원」 전문

시인은 견자見者이다. 이미화는 '중개보조원'을 본다.

시인은 대상을 단순히 바라보는 것에 멈추지 않는다. 시인은 대상을 체험하고 경험하며 일체一體가 된다. 이미화의 이 시가 갖는 장점은 중개보조원의 생생한 디테일과 관련된다. "커다란 장부"나 "알이 밴 다리" "굽 낮은 신발"이나 "주공아파트 상가" 또는 "이사하기 좋은 날" 등의 시구詩句는 중개보조원을 실감나게 구체화한다.

"집을 소개하는 수수꽃다리"나 "수수꽃다리 향기가 코끝을 스쳐요"는 시의 핵심 원리 중 하나인 은유隱喩가 담긴 표현이다. 시인은 중개보조원인 '그녀'를 '수수꽃다리' 곧 물푸레나뭇과의 낙엽 관목으로 치환함으로써 '그녀'의 세계를 확장하고 심화한다. 수수꽃다리의 잎과 꽃과 향기는 '그녀'의 "마음"과 "몸"과 "꿈"을 아우른다. "세상의 집을 소개하는 일은 참 고달프고 행복한 일이에요"라는 작품의 마무리에는 중개보조원 업무의 두 가지 속성이 담겨있다. 이미화의 「중개보조원」은 '고달픔'과 '행복'이라는 상반된 요소가 충돌과 절충과 조화의 과정을 거치며 나아가는 길이 인상적인 가편佳篇이다.

달빛이 말차를 젓는다

낡은 지붕 아래 사는
사람들이 쓴
발원문

새벽시장으로 향하시던
어머니 등에서 나던 파스 냄새처럼

저기, 어머니의 강에 달빛이 내린다
푸른빛을 구부려 물을 젓는다

슬픈 것들은 언제나
잘 풀어진다

—「유등」 전문

살다 보면 많은 말이 필요 없는 때가 있다. 이 시를 마
주하는 일 역시 그러할 게다. 작품의 제목인 '유등'은 '유
등油燈'일 수도 있으나 '유등流燈놀이'로 이해하는 일이 타
당할 것으로 판단된다. 앞에서 살핀 이미화의 시「전망
값」에는 '월아산 자락'이나 '남강 줄기' 같은 어휘가 등장
했다. '월아산月牙山'과 '남강南江'은 공통적으로 경상남도
진주晋州 지역과 관련된 자연이고 '유등 놀이' 역시 진주
에서 행하는 풍속의 하나로서 강물 위에 여러 가지 색깔
의 등불을 띄워 복을 빌며 즐기는 놀이로 알려져 있기
때문이다.

시인이 주목하는 이들은 "낡은 지붕 아래 사는/ 사람
들"이다. 그녀가 '남강'을 '어머니의 강'으로 부르는 까닭
은 "새벽시장으로 향하시던/ 어머니"가 연상되었기 때문
일 테다. 이미화는 달빛이 내린 남강의 물결을 "달빛이
말차를 젓는다"라고 표현한다. 이는 달이 "푸른빛을 구

부려 물을 젓는다"라는 또 다른 진술로 변주된다. 달빛과 강물이 만나는 순간을 감각적으로 포착한 시인의 역량이 탁월하다. 이미화가 5연에서 제시하는 "슬픈 것들"은 파스냄새 나던 어머니의 등, 낡은 지붕 아래 사는 사람들을 가리킬 수 있다. 시인이 "슬픈 것들은 언제나/ 잘 풀어진다"라는 진술로 작품을 마무리한 이유는 무엇일까? 달빛이 말차를 젓듯이, 푸른빛이 물을 젓듯이 이 세상 모든 '슬픈 것들'을 포용하기 위해서가 아니었을까?

신수도 앞바다에 몽돌이 널려있다
파도가 칠 때마다
조금씩 조금씩 바다 밖으로 밀려 나온다

저 몽돌들, 바다의 심장 같다
바다에도 심장이 있는 것 같다

검다
밀려나온 돌들은
검다

바다가 다가올 때마다 차르르 차르르 아픈 소리를 낸다

나, 저 몽돌처럼 내 심장 꺼내놓고 살았다
새카맣게 속이 타서 살았다

내 몸속에 있지 못하고 **빠져나온** 심장은
오늘도 박동 대신 차르르 차르르 파도소리를 낸다
　　　　　　　　　　　　　　　　―「몽돌」 전문

　시의 화자 '나'는 경상남도 사천시에 위치한 "신수도新樹島" 앞바다에서 "몽돌"을 발견한 것으로 보인다. 모가 나지 않고 둥근 돌인 몽돌을 바라보던 '나'는 그것을 "바다의 심장"으로 인식한다. 그는 바다 밖으로 밀려나온 검은 돌(들)을 왜 바다의 심장으로 이해한 것일까?
　'나'가 '몽돌'에서 '바다의 심장'을 연상할 수 있었던 까닭은 그것의 검은 색채와 무관하지 않을 테다. 그는 또한 바닷물과 몽돌의 만남에서 "아픈 소리"를 듣는다. 이 대목에서 중요한 시적 전환이 발생한다. '몽돌'과 '나'가 하나가 되는 순간이 도래한다. '몽돌'은 '바다의 심장'인 동시에 "내 심장"이다. 이제 몽돌의 검은 색채는 내면화된다. "새카맣게 속이 타서 살았다"라는 '나'의 고백은 이를 알려준다. 이미화는 이 시에서 시인이란 평범한 대상에서 비범한 생각과 상상을 길어 올리는 자임을 보여준다. 보이는 것에서 보이지 않은 속성을 **뽑**아낼 수 있는 시인의 눈길이 찬란하다.

　초북로 사거리에는 제초제 파는 농약방 지나
　비석 새기는 석재상 지나
　우리도시락이 있지

이면도로가 있지

이제는 잊혀가는 고향이 있지

옆집 아재가 농약을 사이다처럼 마시고 돌아가셨을 때

새 무덤 앞에 비석 세워놓고

우린 도시락을 까먹었지

꾸역꾸역 먹었지 까마귀 땅콩 까먹듯 맛있게 먹었지

그날 그 길가 조등처럼 걸린 간판들,

그리워라 나 이제 집으로 돌아갈 때도 일부러

그 길로 가볼까 해

터벅터벅 가볼까 해

제초제 파는 농약방 지나

비석 새기는 석재상 지나

야금야금 시골을 파먹어 들어오는 여기는 중소도시의 외곽

이면도로엔 나의 이면이 있지

―「퇴근」 전문

'초북로'는 경상남도 진주시에 위치한 도로이다. 이 시
의 화자 '나'가 주목하는 장소는 "초북로 사거리" 인근에
있는 "이면도로"이다. '이면裏面'이란 뒷면 또는 겉으로 나
타나거나 눈에 보이지 않는 부분을 의미하므로, '이면도
로'는 비밀의 공간과 다른 말이 아니다. 그곳에는 '나'를
비롯한 '우리'의 내밀한 추억이 깃든 '고향'이, "이제는 잊
혀져가는 고향이 있"다. '이면도로'를, 우리들의 '고향'을
향한 '나'의 감정이 '그리움'으로 수렴하는 일은 자연스럽
다.

117

이미화의 시는 어렵지 않으면서도 은은한 여운을 전달한다는 점에서 매력적이다. 독자는 시인과 함께 '초북로 사거리'와 인근의 '이면도로'를 걸을 수 있다. "~지나" "~(이/가) 있지" "~가볼까 해" 등의 반복은 "중소도시의 외곽"에 위치한 "이면도로"를, "그 길(가)"를 향한 '나'의 노스탤지어를 강화한다. "이면도로엔 나의 이면이 있지"라는 작품의 마무리는 이 시를 읽는 모든 독자의 마음을 끌어당기기에 부족함이 없다.

　　　밤새 한숨도 못 잔
　　　볼을 본 적 있니
　　　오른쪽 왼쪽
　　　크기가 다른 볼을 본 적 있니
　　　사과가 되고 싶었던 거지
　　　과일이 되고 싶었던 거지
　　　왼뺨과 오른쪽 뺨이 다른
　　　태양이 되고 싶었던 거지
　　　달님이 되고 싶었던 거지
　　　이슬이 되고 싶었던 거지
　　　구름이 되고 싶었던 거지
　　　구름은 자주 얼굴이 변해
　　　아침에 본 구름도
　　　어제저녁 구름과는 달랐어
　　　구름의 얼굴을 갖고 싶은 나는
　　　요동을 쳤고

새가 되었다가
꽁지 빠진 새가 되었다가
옆구리 터진 새가 되었다가
추락하는 새가 되었다가
한숨도 못 잔 볼이 되어
아침을 맞았지
이쪽 뺨과 저쪽 뺨이 다른 아침을 맞았지

　　　　　　　　　　　　　—「치통의 아침」 전문

'천의무봉天衣無縫'이라는 표현이 어울릴만한 시이다. 이 것은 하나의 호흡이고 하나의 노래이며 하나의 순간이 다. 시의 화자 '나'는 치통齒痛을 앓는 볼을 "(밤새) 한 숨 도 못 잔 볼" "꽁지 빠진 새" "옆구리 터진 새" "추락하는 새" 등으로 변주한다. '밤'에서 '아침'으로 이동하는 시간 동안 '치통'은 "사과가 되고 싶었"고, "과일이 되고 싶었" 으며, "다른 태양이 되고 싶었"고, "달님이 되고 싶었" 다. 또한 치통은 "이슬이 되고 싶었"고, "구름이 되고 싶 었"으며, "구름의 얼굴을 갖고 싶"어서 "요동을 쳤"다.

　이미화는 여기에서 치통의 유무에 따라서 오른쪽과 왼 쪽의 "크기가 다른 볼"을 이야기한다. 그녀는 "이 쪽 뺨 과 저 쪽 뺨"의 차이를, "어제 저녁 구름"과 "아침에 본 구름"의 다름을 진술한다. 어쩌면 이 대목에서 우리는 위대한 작가 도스토예프스키가 치통이라는 참기 힘든 고통에서 쾌감에 가까운 느낌을 받고 존재로서의 인식을 되살렸다는 사실을 기억해야 할지도 모르겠다.

내 눈동자에 살고 있다
망막이 찢어져
구멍 난 내 눈자위에
둥지를 틀고 살고 있다

같이 밥 먹고
같이 잠자고
같이 사랑하자고

새장을 열어놔도 날아가질 않는다
망막박리,
의사는 새 이름을 지어줬다
흰색 속에 사는 새라고 했다

같이 울고
같이 웃고

내 눈동자만 졸졸 따라다니는
검은 새

……망막박리

—「검은 새」 전문

'망막박리網膜剝離'는 망막이 그 아래층의 맥락막에서 떨어져 시력 장애를 일으키는 병을 가리킨다. 시의 화자 '나'는 시력 장애를 일으키는 병인 망막박리를 앓고 있는 중이다. 이 시의 개성은 '망막박리'와 '검은 새'의 대비에 위치한다. '망막박리'를 '검은 새'로 치환하는 순간, 시는 은유隱喻의 영역으로 진입하게 되고 독자는 새로운 세계를 경험한다.

이미화에 따르면 '망막박리'라는 이름의 '검은 새'는 "구멍 난 내 눈자위에/ 둥지를 틀고 살고 있"고, "새장을 열어놔도 날아가질 않는다" "흰색 속에 사는 새라고" 부르기도 하는 '검은 새'는 "내 눈동자만 졸졸 따라다니는" '나'와 언제나 "같이" 있다. '나'와 '검은 새'의 관계는 "같이 밥 먹고/ 같이 잠 자고" "같이 울고/ 같이 웃고" 하는 '가족' 같은 사이이다. 이 시에서 강렬한 떨림으로 다가오는 시행詩行을 하나 꼽자면 2연 3행의 "같이 사랑하자고"를 선택해야 하지 않을까? 시력 장애라는 고통을 안겨주는 '망막박리' 또는 '검은 새'를 포용하려는 시인의 대승적大乘的 자세를 보여주기에 충분한 진술이 아닐 수 없다. 또한 이 작품을 읽으며 김춘수의 시 「안과에서」를 떠올리는 것도 즐거운 일이다.

아파트 단지에 꽃시장 서던 날

나, 우아하게 무릎 꿇어 너를 데려왔지

초록 잎을 골라요
작고 붉은 꽃을 주세요 하는 분명한 말은
언제나 내 몫이 아니었지

꽃들 앞에서 나는 애매모호
도대체 무얼 골라야 할지 몰랐지
파장의 꽃장수 아저씨가 서둘러 골라 준 꽃

너도 식당에서 고르는 메뉴는
언제나 아무거나
식당 주인이 재촉할 때까지

아무거나
아무거나

내 딸이 신랑감을 고를 때도 아무거나?
—「선택장애」 전문

이미화는 비근한 일상을 무심코 지나치지 않고 빛나는
시적인 순간을 길어 올리는 능력이 탁월하다. 「선택장
애」 역시 그러한 시인의 능력이 돋보이는 예이다. 시의
화자 '나'에게는 아파트 단지의 꽃시장에서 꽃을 고르는
일이 어려웠던 것일까? '나'는 "초록 잎을 골라요"나 "작
고 붉은 꽃을 주세요" 같은 "분명한 말은/ 언제나 내 몫

이 아니었지"라고 이야기한다. "꽃들"이라는 복수複數의 가능성 앞에서 헤매는 '나'는 '선택장애' 또는 '결정 장애'의 상황에 놓여 있는 것으로 보인다.

선택장애의 난감한 상황은 꽃을 고르는 일에만 적용되는 것이 아니다. 식당에서 메뉴를 고르는 일도 버거울 수 있기 때문이다. 그리하여 '나'에게도 '너'에게도 익숙한 표현이 등장한다. 이 시에서 4회 반복되는 "아무 거나"는 "애매모호曖昧模糊"의 정황을 곧 "말이나 태도 따위가 희미하고 흐려 분명하지 아니함"의 상황을 드러낸다. "내 딸이 신랑감을 고를 때도 아무 거나?"라는 진술을 작품의 마무리로 제시함으로써 시인은 독자들에게 선택 장애의 굴레를 벗어나야 한다는 메시지를 전달한다.

벚꽃이 흐드러지면
나, 삼천포 폐역에 가서 기차표 끊고 싶어진다
빠알간 운동화 신고
김밥 사이다 챙겨
화엄사행 기차표 끊고 싶어진다

열세 살 아이
전망이 잘 보이는 창가에 앉혀
그때 그 기차 소리 들려주고 싶어진다
수학여행 기차표 대신 밀가루 한 포대 들고 오던 엄마 얼굴에 핀
그 하얀 웃음 잘라내고 싶어진다

역무원 떠나고 없는 폐역

　　하얀 꽃잎 뒤집어쓴 측백나무와 어린 동무 얼굴 같은 민
들레

　　폐역의 기차는 아직도

　　나를 기다리고 있다

　　김밥 사이다 챙겨 수학여행 가자고 기다리고 있다

　　　　　　　　　　　　　　　　　—「삼천포 폐역」전문

　　어떤 관점에서 삶은 허무虛無와의 싸움인지도 모른다.
현재는 늘 과거로 이동하는 것이기에 인간에게는 기억
과 추억만이 남는다. 삼천포역三千浦驛은 경상남도 사천시
에 위치했던 진삼선의 역으로 1990년에 폐역이 되었다.
"빠알간 운동화" "김밥" "사이다" "화엄사행 기차표" "수
학여행 기차표" "열세 살 아이" 등의 어휘가 형성하는 세
계는 '잃어버린 시간'이다.

　　시의 화자 '나'에게만 '삼천포 폐역'이 있는 것이 아니
다. 우리에게도 각자의 고유한 시공時空이 있기 마련이
다. 이 시를 읽는 독자는 유년幼年의 기억과 추억을, 소풍
과 수학여행이라는 이름의 잃어버린 시간을 찾아갈 소
중할 기회를 얻었다. "폐역의 기차는 아직도/ 나를 기다
리고 있다"라는 진술은 '나'에게만 또는 시인에게만 유효

한 것이 아니다. 우리 모두의 마음속에 위치한 폐역의 기차는 아직도 우리를 기다린다. 아니다. 우리 모두의 마음속에 위치한 그곳은 더 이상 폐역이 아니다. 여전히 기차가 움직이는 뜨겁게 살아있는 역이다.

3.

이 글은 이미화가 건축한 시 세계가 우리네 삶에서, 현실에서, 일상에서 유리되지 않는다고 판단하였다. 시인의 시집 중에서 「목련」 「전망 값」 「중개보조원」 「유등」 「몽돌」 「퇴근」 「치통의 아침」 「검은 새」 「선택장애」 「삼천 포 폐역」 등을 선택한 우리는 이미화의 언어가 포착한 특이한 발견의 순간, 통찰의 순간에 집중하고 응답하려고 노력하였다.

식물과 시의 화자 '나'가 하나가 되는, 물아일체物我一體의 경지를 다룬 「목련」은 작고 소박하면서도 미학적 완결성을 놓치지 않는 시이다. 이미화는 이 세상 모든 시인, 문인, 예술가가 그러하듯이 「전망 값」에 등장하는 집주인 역시 깨어있는 자이고 열려있는 자임을 알려준다. 「중개보조원」은 '고달픔'과 '행복'이라는 상반된 요소가 충돌과 절충과 조화의 과정을 거치며 나아가는 길이 인상적인 가편佳篇이다.

시인은 「유등」에서 달빛이 내린 남강의 물결을 "달빛

이 말차를 젓는다"라고 표현한다. 이는 달이 "푸른빛을 구부려 물을 젓는다"라는 또 다른 진술로 변주된다. 달빛과 강물이 만나는 순간을 감각적으로 포착한 시인의 역량이 탁월하다. 이미화는 「몽돌」에서 시인이란 평범한 대상에서 비범한 생각과 상상을 길어 올리는 자임을 보여준다. 보이는 것에서 보이지 않은 속성을 뽑아낼 수 있는 시인의 눈길이 찬란하다.

이미화의 「퇴근」은 어렵지 않으면서도 은은한 여운을 전달한다는 점에서 매력적이다. 독자는 시인과 함께 '초북로 사거리'와 인근의 '이면도로'를 걸을 수 있다. "이면도로엔 나의 이면이 있지"라는 작품의 마무리는 이 시를 읽는 모든 독자의 마음을 끌어당기기에 부족함이 없다. 「치통의 아침」은 '천의무봉天衣無縫'이라는 표현이 어울릴 만한 시이다. 이것은 하나의 호흡이고 하나의 노래이며 하나의 순간이다.

시의 화자 '나'는 시력 장애를 일으키는 병인 망막박리를 앓고 있는 중이다. 「검은 새」의 개성은 '망막박리'와 '검은 새'의 대비에 위치한다. '망막박리'를 '검은 새'로 치환하는 순간, 시는 은유隱喩의 영역으로 진입하게 되고 독자는 새로운 세계를 경험한다. 이미화는 비근한 일상을 무심코 지나치지 않고 빛나는 시적인 순간을 길어 올리는 능력이 탁월하다. 「선택장애」 역시 그러한 시인의 능력이 돋보이는 예이다. 「삼천포 폐역」을 읽는 독자는 유년幼年의 기억과 추억을, 소풍과 수학여행이라는 이름의 잃어버린 시간을 찾아갈 소중할 기회를 얻었다. 우리 모두의 마음속에 위치한 폐역의 기차는 아직도 우리를 기다린다. 아니다. 우리 모두의 마음속에 위치한 그곳은 더 이상 폐역이 아니다. 여전히 기차가 움직이는 뜨겁게 살아있는 역이다.

이미화는 삶을 주의 깊게 살핀다. 시인의 촉수가 닿은 대상은 넓고도 깊다. 이미화의 시 세계는 '나'와 '너'와 '우리'를 아우른다. 시인은 현재에 집중하면서도 과거를 간과하지 않는다. 이미화의 시에는 고향과 유년이 살아 있다. 시인은 쉽게 초월을 이야기하지 않는다. 이미화의 시는 높은 수준의 은유를 활용하면서 미학적 완결성을 놓치지 않는다. 시인에게 시를 쓰는 일은 삶을 사랑하는 일과 다른 말이 아닐 것이다. 우리가 이미화의 시를 읽는 일도 그러할 것임을 믿는다.